La Fuente de la Luna

Basado en una fábula de la India

Lada Josefa Kratky

Hace muchos, muchísimos años hubo
una gran sequía. Los arroyos habían
desaparecido. Los ríos se habían secado.
Los lagos y las lagunas se habían vaciado.

Sin agua, el pasto y las hierbas se habían
secado. Los árboles y arbustos habían
perdido sus hojas. No había sombra. Solo
había polvo en los campos. Los elefantes
estaban desanimados. Necesitaban agua.

Un día, de bien lejos, llegó corriendo
un elefante.

—¡Escuchen, muchachos! Hallé una
fuente. Se llama la "Fuente de la Luna".
¡Hay agua! ¡Hay tanta agua que uno se
podría ahogar en ella!

Esa misma noche, los elefantes emprendieron su marcha. Cuando por fin llegaron a la Fuente de la Luna, bebieron de ella hasta quedar satisfechos. Se revolcaron en el lodo de la orilla. Echaron chorros de agua por sus trompas. Comieron el pasto que allí crecía.

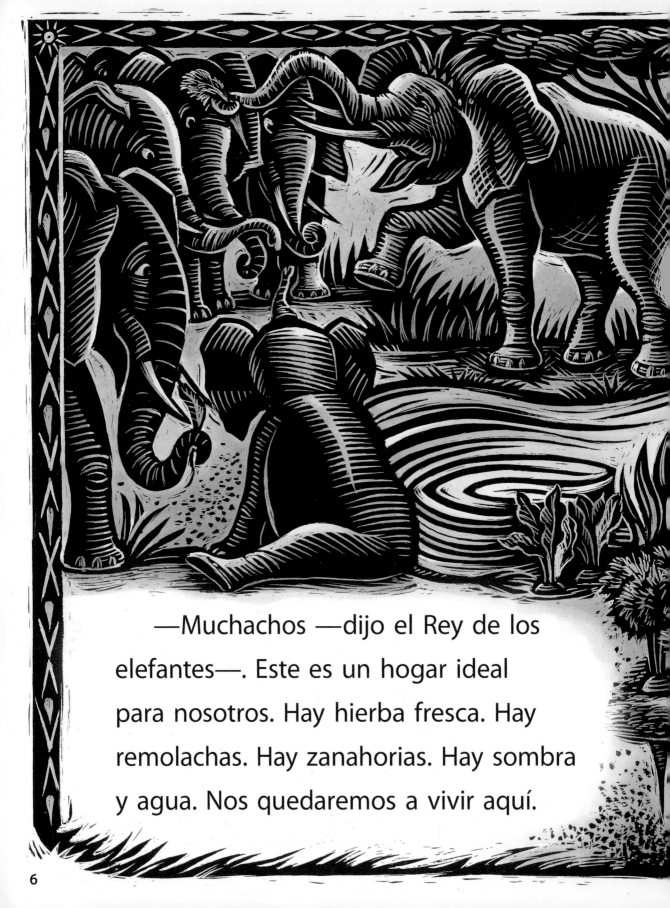

—Muchachos —dijo el Rey de los elefantes—. Este es un hogar ideal para nosotros. Hay hierba fresca. Hay remolachas. Hay zanahorias. Hay sombra y agua. Nos quedaremos a vivir aquí.

Bajo tierra, los conejos quedaron despavoridos al escuchar las palabras del Rey de los elefantes. Este era su hogar. Esas eran sus zanahorias. Habían hecho sus madrigueras allí hacía muchos años. Los elefantes las podrían deshacer con su horrible peso.

Los conejos no sabían qué hacer, hasta que un conejito, bien chiquito pero muy inteligente, dijo que él ayudaría. Esa noche, salió de su hoyo, se subió a un árbol y exclamó en una voz profunda y fuerte:

—Rey de los elefantes, vengo de parte de la Luna. La Luna está enojada contigo. No cuidas de los animales más chiquitos. Mira cómo se refleja su cara en la fuente. Está furiosa. ¡Te prohíbe quedarte aquí!

Muy preocupado, el Rey de los elefantes se acercó a la fuente. Pero el conejito chiquito le aconsejó:

—Lávate la cara primero para no enojarla más.

Al meter el elefante su trompa en el agua, se formaron pequeñas olas en la fuente.

—¡Es tarde!

—chilló el conejito—.

Ya es muy tarde. Mira por ahí.

La Luna está requetefuriosa.

El Rey de los elefantes vio el

reflejo de la Luna en el agua.

Se veía arrugada y muy alterada.

El Rey se asustó, pues no

quería que la Luna

lo castigara.

El Rey de los elefantes corrió a hablar con sus compañeros.

—¡Vámonos, muchachos, ahora mismo! Mejor nos vamos antes de que nos castiguen.

Los elefantes salieron corriendo a todo dar. Así fue que el conejito, bien chiquito pero inteligente, espantó a los elefantes tan gigantes.